Polish Fables

Polish Fables

Bilingual Edition

Ignacy Krasicki
Translated by Gerard T. Kapolka

HIPPOCRENE BOOKS
New York

For information, address:
HIPPOCRENE BOOKS, INC.
171 Madison Avenue
New York, NY 10016

Library of Congress Cataloging-in-Publication Data

ISBN 0-7818-0548-1

Printed in the United States of America.

CONTENTS

Introduction 7
To the Children .9
Preface to the Fables 11
The Rat and the Cat 12
The Ocean and the Tagus River 13
The Block of Ice and the Crystal 14
The Mouse and the Cat 15
The Lion and the Animals 16
The Philosopher 17
Birds in a Cage .19
The Little Fish and the Pike 20
The Lion and the Animals 21
The Sheep and the Shepherd 23
The Stream and the Fountain 24
Gluttony and Envy 25
Two Dogs 27
The Philosopher and the Orator 28
The Man and Health 29
The Child and the Father 31
The Bigot 32
Books 33
The Wolf and the Sheep 34
The Stream and the River 35
Wine and Water 36
The Ox Minister 37
The Master and the Dog 39
The Humble Lion 40
Peas along the Road 41
The Ox and the Ants 43
The Nightingale and the Goldfinch 44
The Driver and the Butterfly 45
The Bees and the Ants 46
The Bread and the Sword 47
The Man and the Wolf 49
The Turtle and the Mouse 51
The Painters 53
The Peacock and the Eagle 55
Neighbors 56
The Sage and the Fool 57

The Insubordinate Oxen 58
The Wolf and the Sheep 59
The Elephant and the Bee 61
The Lamb and the Wolves 62
The Man and the Mirrors 63
The Drunk 65
Charity 66
The Doctor and Health 67
A Wolf Cub 69
Children and Frogs 71
The Shepherd and the Sheep 72
The Skylark 73
Mice 75
The Sick Lion 77
The Steed and the Colt 79
Friends 81
The Chinese Emperor and His Son 82
The Heron, the Fish, and the Crab 84
The Traveler 86
The Haycart 88
The Oak and the Saplings 89
The Geese 91
The Little Hare 92
The Flattering Mirror 95
The Philosopher and the Peasant 97
Wolf Cubs 100
The Sunflower and the Violet 103
The End 105

Introduction

Ignacy Krasicki (1735-1801), whose fables are contained herein, was called "The Prince of Poets" by his contemporaries. In his lyrics, mock-epics, and novels, Krasicki eschews the complex Baroque conceits that had held sway in Polish letters for the past two centuries and gets back to the simple but elegant language of the great Polish Renaissance poet Jan Kochanowski. Krasicki was both courtier and clergyman. He became Bishop of Warmia and in that role was a great favorite of Frederick the Great of Prussia when Krasicki's bishopric came under Frederick's domain.

The Fables here represent the majority of those contained in Krasicki's two volumes: Bajki i Przypowieści, (Fables and Parables, 1779) and Bajki Nowe (New Fables), published posthumously in 1803, though many of the individual poems had appeared earlier). The fables from the latter, which are longer and more elaborate, show the influence of La Fontaine. But even though Krasicki obviously learned well from Aesop, these are not children's fables with simple morals. They present a world where reason is valued over sentiment, true to the enlightenment ideal, but they also use their rhymes to sugar-coat a bitter message, showing a world where the strong will continually take advantage of the weak, and where the power of instinct cannot easily be overcome. Many of the fables, which were published after the first partition of Poland in which Russia, Prussia, and Austria took their first bites of their weaker neighbor, should also be read for their political implications.

Although an effort was made to stay as close as possible to the literal meaning of the Polish verse in the English translation, some license was necessary and inevitable in serving the needs of the English meaning and form.

DO DZIECI

O wy, co wszystkie porzuciwszy względy,
Za cackiem bieżyć gotowi w zapędy,
Za cackiem, które zbyt wysoko leci,
Bajki wam niosę, posłuchajcie, dzieci.

Wy, których tylko niestatek żywiołem,
Co się o fraszki uganiacie wspołem,
O fraszki, których zysk maże i szpeci,
Bajki wam niosę, posłuchajcie, dzieci.

Wy, którzy marne przybrawszy postaci,
Baśniami łudzić umiecie współbraci,
Baśniami, które umysł płochy kleci,
Bajki wam niosę, posłuchajcie, dzieci.

TO THE CHILDREN

You who have cast aside every good grace,
Chasing a toy at a tremendous pace,
Chasing a toy flying too high in the air,
Listen my children to the fables I bear.

You who have never learned how to be true,
Scampering after each trifle that's new,
Which your greed then disfigures, stains and tears,
Listen my children to the fables I bear.

You who have taken some evil shape or other,
You who use fairy tales to deceive your brother,
Fairy tales born of a mind without care,
Listen my children to the fables I bear.

WSTĘP DO BAJEK

*B*ył młody, który życie wstrzemięźliwe pędził;
Był stary, który nigdy nie łajał, nie zrzędził;
Był bogacz, który zbiorów potrzebnym udzielał;
Był autor, co się z cudzej sławy rozweselał;
Był celnik, który nie kradł; szewc, który nie pijał;
Żołnierz, co się nie chwalił; łotr, co nie rozbijał;
Był minister rzetelny, o sobie nie myślał;
Był na koniec poeta, co nigdy nie zmyślał.
      – A cóż to jest za bajka? Wszystko to być może!
– Prawda, jednakże ja to między bajki włożę.

PREFACE TO THE FABLES

*T*here was a young man who lived by the golden mean;
There was an old man who never grumbled or screamed;
There was a rich man who shared with the poor and the lame;
There was an author happy that others had fame;
A soldier who didn't boast, a rogue who didn't brawl;
A tailor who didn't drink, a taxman who never stole;
A minister who didn't lie or abuse his station,
A poet who never used his imagination.
      – What sort of fable is this? All these things can be!
– Yes, but it all sounds just like a fable to me.

SZCZUR I KOT

„*M*nie to kadzą" – rzekł hardzie do swego rodzeństwa
Siedząc szczur na ołtarzu podczas nabożeństwa.
Wtem, gdy się dymem kadzideł zbytecznych zakrztusił –
Wpadł kot z boku na niego, porwał i udusił.

THE RAT AND THE CAT

"*T*hey're giving me their blessing," a rat boasted to his kin,
Sitting on the altar as Mass was about to begin,
But when he started coughing from the clouds of incense
smoke,
A cat pounced on him from behind to end his little joke.

OCEAN I TAGUS RZEKA

Ocean, niezmiernością swoją zbyt zuchwały,
Gardzić począł rzekami, które weń wpływały.
„Przestańcie – mówił do nich – dodawać mi wody."
Rzekł Tagus: „Daj nam pokój; dla twojej wygody,
Dla twojej wspaniałości żyzną ziemię porzem:
Gdybym ja nie był rzeką, nie byłbyś ty morzem."

THE OCEAN AND THE TAGUS RIVER

The Ocean grew impudent in its vast size
And said to the rivers, whom he despised:
"I don't need your water! Stop flooding my banks!"
But Tagus said: "Let us be; we deserve thanks,
We furrow the earth for your supremacy:
Were I not a river, you'd not be the sea."

BRYŁA LODU I KRYSZTAŁ

Bryła lodu spłodzona z kałuży bagnistej
Gniewała się na kryształ, że był przezroczysty.
Modli się więc do słońca. Słońce zajaśniało,
Szklni się bryła, ale jej coraz ubywało;
I tak, chcąc los polepszyć niewczesnym kłopotem,
Stajała, wsiąkła w bagno i stała się błotem.

THE BLOCK OF ICE AND THE CRYSTAL

There once was a chunk of ice, born of a morass,
Jealous of a crystal, which was as clear as glass.
So it prayed to the sun, and the sun shed its light,
The ice began to sparkle, but also grew more slight;
To better its fate it had chosen new trouble,
It thawed out, sank, and became a muddy puddle.

MYSZ I KOT

*M*ysz, dlatego, że niegdyś całą książkę zjadła,
Rozumiała, iż wszystkie rozumy posiadła.
Rzekła więc towarzyszkom: „Nędzę waszą skrócę;
Spuście się tylko na mnie, ja kota nawrócę!"
Posłano więc po kota; kot, zawżdy gotowy,
Nie uchybił minuty, stanął do rozmowy.
Zaczęła mysz egzortę; kot jej pilnie słuchał,
Wzdychał, płakał... Ta widząc, iż się udobruchał,
Jeszcze bardziej wpadała w kaznodziejski zapał,
Wysunęła się z dziury – a wtem ją kot złapał.

THE MOUSE AND THE CAT

*B*ecause of a book he had once eaten whole,
A mouse thought all wisdom contained in his soul.
He said to his comrades, "I'll end your dismay;
Just send me the cat, and I'll soon mend his ways!"
They sent for the cat, who was soon at his station
In front of the hole for the great exhortation.
The mouse ranted on; the cat faithfully listened,
The cat sighed and cried...in his eyes tears glistened.
This made the mouse bolder, his fervor increased,
He stepped out of his hole – and became the cat's feast.

LEW I ZWIERZĘTA

Lew, ażeby dał dowód, jak wielce łaskawy,
Przypuszczał konfidentów do swojej zabawy.
Polowali z nim razem, a na znak miłości
On jadł mięso, kompanom ustępował kości.
Gdy się więc dobroć taka rozgłosiła wszędy,
Chcąc im jawnie pokazać większe jeszcze względy,
Ażeby się na jego łasce nie zawiedli,
Pozwolił, by jednego spośród siebie zjedli.
Po pierwszym poszedł drugi i trzeci, i czwarty.
Widząc, że się podpaśli, lew choć nieobżarty,
Żeby ująć drapieży, a sobie zakału,
Dla kary, dla przykładu, zjadł wszystkich pomału.

THE LION AND THE ANIMALS

In order to prove that he was a gracious beast
The lion had invited some friends to his feast.
They hunted together, and to show that they were friends
The lion ate the meat and gave the bones to them.
The kindness of the lion was announced throughout the wood,
And this made him want to show a greater sign of good,
Lest they be disappointed in the goodness of his name,
He invited one among them to come and share the game.
Soon there came a second, a third and then more still.
The lion was unsated while the others ate their fill.
To wash away this insult and to end this wretched plunder,
As punishment, as example, he tore them all asunder.

FILOZOF

Zaufany filozof w zdaniach przedsięwziętych
Nie wierzył w Pana Boga, śmiał się z wszystkich świętych.
Przyszła słabość, aż mędrzec, co firmament mierzył,
Nie tylko w Pana Boga – i w upiory wierzył.

THE PHILOSOPHER

A philosopher who had faith in his convictions
Laughed at all the saints and thought of God as fiction.
But when old age came and he noticed death approach,
He believed not just in God, but also in ghosts.

PTASZKI W KLATCE

„Czegóż płaczesz? – staremu mówił czyżyk młody –
Masz teraz lepsze w klatce niż w polu wygody.“
„Tyś w niej zrodzon – rzekł stary – przeto ci wybaczę;
Jam był wolny, dziś w klatce – i dlatego płaczę.“

BIRDS IN A CAGE

A young finch asked an old one, "Why is it that you cry?
You have more comfort in this cage than when you were
                                                    outside."
"You were born inside this cage, so you I can forgive;
But I was free and now am caged and do not wish to live."

RYBKA MAŁA I SZCZUPAK

Widząc w wodzie robaka rybka jedna mała,
Że go połknąć nie mogła, wielce żałowała.
Nadszedł szczupak, robak się przed nim nie osiedział,
Połknął go, a z nim haczyk, o którym nie wiedział.
Gdy rybak na brzeg ciągnął korzyść okazałą,
Rzekła rybka: „Dobrze to czasem być i małą."

THE LITTLE FISH AND THE PIKE

A tiny fish once saw a worm as she swam around,
And she was very sad because she could not gulp it down.
A pike came by, but the worm did not attempt to flee,
He swallowed the worm, and a hook which he did not see.
The pike was drawn ashore and his end was clear to all,
The little fish said: "Sometimes it's better to be small."

LEW I ZWIERZĘTA

Gdy się wszystkie zwierzęta u lwa znajdowały,
Był dyskurs: jaki przymiot w zwierzu doskonały.
Słoń roztropność zachwalał; żubr mienił powagę;
Wielbłądy wstrzemięźliwość, lamparty odwagę,
Niedźwiedź moc znamienitą, koń ozdobną postać;
Wilk staranie przemyślne, jak zdobyczy dostać,
Sarna kształtną subtelność, jeleń piękne rogi,
Ryś odzienie wytworne, zając rącze nogi;
Pies wierność, liszka umysł w fortele obfity;
Baran łagodność, osieł żywot pracowity.
Rzekł lew, gdy się go wszyscy o zdanie pytali:
„Według mnie, ten najlepszy, co się najmniej chwali."

THE LION AND THE ANIMALS

In the presence of the lion there raged a debate:
The animals were arguing about their greatest trait.
The elephant praised caution, the bison dignity,
The camels moderation, the leopards bravery,
The bear put forward strength, the horse a handsome frame,
The wolf the use of cunning in capturing his game,
The lynx a stylish coat, the doe a graceful form,
The hare promoted nimble feet, the stag ornate horns,
The dog lauded faithfulness, the fox a mind of wiles,
The lamb praised the gentle, the donkey the servile.
But when they asked the lion for the best trait in a beast,
He said: "In my opinion, he is best who boasts the least."

OWIECZKA I PASTERZ

Strzygąc pasterz owieczkę nad tym się rozwodził,
Jak wiele prac ponosi, żeby jej dogodził.
Że milczała: „Niewdzięczna!" – żwawie ją ofuknie.
Więc rzekła: „Bóg ci zapłać...a z czego te suknie?"

THE SHEEP AND THE SHEPHERD

As he was shearing his sheep the shepherd grew ill
At the thought of the effort of keeping her still.
He complained "You're ungrateful for all that I've done!"
She answered, "You have clothes, without me you'd have none."

STRUMYK I FONTANNY

*I*mpet wody w fontannach gdy ogromnie huczał,
Strumyk blisko płynący zazdrościł i mruczał.
Pękły rury, co wody hojnie dodawały;
Strumyk płynął jak pierwej, fontanny ustały.
Nastąpiła po żalu radość niewymowna:
Poznał, że kunszt naturze nigdy nie wyrowna.

THE STREAM AND THE FOUNTAIN

*T*he water in the fountain furiously rumbled;
A stream that ran nearby grew jealous and grumbled.
The pipes soon burst, from which the abundant water poured,
The fountain had stopped, the stream flowed on as before.
Unspeakable joy replaced the sadness in his heart:
The stream now knew that nature could not be matched by art.

ŁAKOMY I ZAZDROSNY

*P*orzuciwszy ojczyznę i żony, i dzieci
Szedł łakomy z zazdrosnym, Jowisz z nimi trzeci.
Gdy skończyli wędrówkę, bożek im powiedział:
„Jestem Jowisz i żeby każdy o tym wiedział,
Proście mnie, o co chcecie: zadosyć uczynię
Pierwszemu, a drugiemu w dwójnasób przyczynię."
Nie chce być skąpy pierwszym i stanął jak wryty;
Nie chce mówić zazdrosny, równie nieużyty.
Na koniec, kiedy przeprzeć łakomcę nie może:
„Wyłup mi jedno oko – rzecze – wielki boże!"
Stało się. I co mieli zyskać w takiej dobie,
Stracił jedno zazdrosny, a łakomy obie.

GLUTTONY AND ENVY

*L*eaving his homeland, his children and wife,
Gluttony set off to seek a new life.
Envy soon joined him, and Jove was the third.
As he departed the god gave his word:
"Whatever you wish for I will bestow,
For I want all to know that I am Jove.
Whoever speaks first will gain his desire,
The other gets twice what the first acquires."
Envy and Gluttony both remained mute,
Neither wanting to gain less in this suit.
Finally Envy demanded his prize:
"Great god!" he said, "Pluck out one of my eyes!"
So what was the outcome of great Jove's oath?
Envy lost one eye, and Gluttony both.

DWA PSY

„Dlaczego ty śpisz w izbie, ja marznę na mrozie?" –
Mówił mopsu tłustemu kurta na powrozie.
„Dlaczego? Ja ci zaraz ten sekret wyjawię –
Odpowiedział mops kurcie – ty służysz, ja bawię."

TWO DOGS

The watchdog asked the fat little pug,
As he came prancing by,
"Why am I forced to freeze out here,
While you sleep warm inside?"
The pug was quick to answer him,
"It's easy to explain.
For you were merely born to serve,
But I to entertain."

FILOZOF I ORATOR

*F*ilozof dysputował o prym z oratorem.
Gdy się długo męczyli mniej potrzebnym wsporem,
Nadszedł chłop. „Niech nas sądzi!" – rzekli razem oba.
„Co ci się – rzekł filozof – bardziej upodoba?
Czy ten, który rzecz nową stwarza i wymyśla,
Czy ten, co wymyśloną kształci i określa?"
„My się na tym – chłop rzecze – prostacy, nie znamy,
Wolałbym jednak obraz aniżeli ramy."

THE PHILOSOPHER AND THE ORATOR

A philosopher and an orator debated
Which of them was more important. Both sides were stated.
A peasant came along, and they asked him to decide:
"If you had to choose between them, with which would you
                                                  side?
With the one who creates through his inventiveness,
Or the one who then embellishes and gives them stress?"
The peasant said, "We plain folk don't like to play such games,
But I know I'd rather have the picture than the frame."

CZŁOWIEK I ZDROWIE

W jedną drogę szli razem i człowiek, i zdrowie.
Na początku biegł człowiek; towarzysz mu powie:
„Nie spiesz się, bo ustaniesz."Biegł jeszcze tym bardziej.
Widząc zdrowie, że jego towarzystwem gardzi,
Szło za nim, ale z wolna. Przyszli na pół drogi:
Aż człowiek, że z początku nadwerężył nogi,
Zelżył kroku na środku. Za jego rozkazem
Przybliżyło się zdrowie i odtąd szli razem.
Coraz człowiek ustawał, a że się zadysza:
„Prowadź mnie, iść nie mogę" – rzekł do towarzysza.
„Było mnie zrazu słuchać" – natenczas mu rzekło;
Chciał człowiek odpowiedzieć... lecz zdrowie uciekło.

THE MAN AND HEALTH

A man went out walking with his health beside him.
The man started running. Health began to chide him:
"Don't hurry or you'll tire." But he ran even faster.
Feeling insulted, Health followed slowly after,
Until they had reached the middle of their trail,
When the man grew weary and his legs began to fail.
So he slowed his pace, and called back to the other.
Health approached and then they walked along like brothers.
The man grew more and more fatigued, till he began to huff:
"You will have to carry me, for I have had enough."
Health replied, "You should have heeded what I said."
The man turned to answer... but his Health had run ahead.

DZIECIĘ I OJCIEC

*B*ił ojciec rózgą dziecię, że się nie uczyło;
Gdy odszedł, dziecię rózgę ze złości spaliło.
Wkrótce znowu Jaś krnąbrny na plagi zarobił,
Ojciec rózgi nie znalazł – i kijem go obił.

THE CHILD AND THE FATHER

A father whipped his son because he would not learn;
The angry child threw the birch in the fire to burn.
Before long the child was unruly once again;
He could not find the birch, so the father used a cane.

DEWOTKA

Dewotce służebnica w czymsiś przewiniła
Właśnie natenczas, kiedy pacierze kończyła.
Obróciwszy się przeto z gniewem do dziewczyny,
Mówiąc właśnie te słowa: „...i odpuść nam winy,
Jako my odpuszczamy...", biła bez litości.
Uchowaj, Panie Boże, takiej pobożności!

THE BIGOT

A bigot knelt at her bedside and prayed,
But took offense at something done by the maid.
She turned with anger upon the young lass,
As she was saying, "...forgive us our trespass,
As we forgive those..." she beat her without pity.
Lord God, please save us from such piety!

KSIĘGI

W pewnej biblijotece, gdzie była, nie pomnę,
Powadziły się księgi; a że niezbyt skromne,
Łajały się do woli różnymi języki.
Wchodzi biblijotekarz, pyta się kroniki:
„Dlaczego takie wrzaski?" – „Dlatego się swarzem,
Iżeś mnie śmiał położyć razem z kalendarzem."
„Wszystko się tu porządnie – rzekł jej – posadziło:
On zmyśla to, co będzie, ty zmyślasz, co było."

BOOKS

There once was a library, so I've been told,
Where the books were impassioned and grew so bold
That they scolded each other in various tongues:
The young railed at the old, the old at the young.
The librarian came, and to solve this mystery,
Asked, "What's all this about?" of the book of history.
The book replied, "This is the cause of our friction:
You put me beside the astrologic predictions."
"Everything's in order," the man answered at last,
"He invents the future, and you invent the past."

WILK I OWCE

Choć przykro, trzeba cierpieć; choć boli, wybaczyć,
Skoro tylko kto umie rzecz dobrze tłumaczyć.
Wszedł wilk w traktat z owcami. O co? O ich skórę;
Szło o rzecz. Widząc owce dobrą koniunkturę
Tak go sobie ujęły, tak go opisały,
Iż się już odtąd więcej o siebie nie bały.
W kilka dni ten, co owczej skóry zawżdy pragnie,
Widocznie, wśród południa zjadł na polu jagnię.
Owce w krzyk! A wilk na to: „Po cóż narzekacie.
Wszak nie masz o jagniętach i wzmianki w traktacie."
Udusił potem owcę: krzyk na wilka znowu;
Wilk rzecze: „Ona sama przyszła do połowu."
Niezabawem krzyk znowu i skargi na wilka,
Wprzód jedną, teraz razem zabił owiec kilka.
„Drudzy rwali – wilk rzecze – jam tylko pomagał."
I tak, kiedy się coraz większy hałas wzmagał,
Czyli szedł wstępnym bojem, czy się cicho skradał,
Zawżdy się wytłumaczył – a owce pozjadał.

THE WOLF AND THE SHEEP

Patience and forgiveness have fallen to our station,
If those who do us harm provide good explanation.
Once a clever wolf made a treaty with the sheep
They no longer worried, and peacefully could sleep.
But soon the wolf was hungry, and one day took delight
In devouring a lamb, at noontime in clear sight.
The sheep cried out. The wolf replied, "Why this complaint?
On the subject of lambs our treaty has no restraint."
Later on he killed a sheep. Again there was a cry.
The wolf said: "She came herself and asked that she might die."
It was not long before a new wailing was begun,
The wolf had just killed many sheep, not content with one.
The wolf said, "Others killed them, I only assisted."
More and more complaints against the wolf persisted,
Whether he stole by night, or openly made his kill,
He gave an explanation – and always ate his fill.

POTOK I RZEKA

*P*otok szybko bieżący po pięknej dolinie
Wymawiał wielkiej rzece, że pomału płynie.
Rzekła rzeka: „Nim zejdą porankowe zorza,
Ty prędko, ja pomału wpadniemy do morza."

THE STREAM AND THE RIVER

*T*he stream which ran swiftly to the valley below,
Reproached the mighty river for flowing too slow.
The river responded with great dignity:
"Why be in a hurry to fall to the sea?"

WINO I WODA

Przymawiało jednego czasu wino wodzie:
„Ja panom, a ty chłopom jesteś ku wygodzie.“
„Nie piłoby cię państwo – rzecze woda skromnie –
Gdyby nie chłop dał na cię, co chodzi pić do mnie.“

WINE AND WATER

Wine once addressed water, using these boastful words:
"You're a drink for peasants, but I'm a drink for lords."
Water humbly answered, "the lords would not drink thee,
If peasants didn't give them what comes from drinking me."

WÓŁ MINISTER

Kiedy wół był ministrem i rządził rozsądnie,
Szły, prawda, rzeczy z wolna, ale szły porządnie.
Jednostajność na koniec monarchę znudziła;
Dał miejsce woła małpie lew, bo go bawiła.
Dwór był kontent, kontenci poddani – z początku;
Ustała wkrótce radość – nie było porządku.
Pan się śmiał, śmiał minister, płakał lud ubogi.
Kiedy więc coraz większe nastawały trwogi,
Zrzucono z miejsca małpę. Żeby złemu radził,
Wzięto lisa: ten pana i poddanych zdradził.
Nie osiedział się zdrajca i ten, który bawił:
Znowu wół był ministrem i wszystko naprawił.

THE OX MINISTER

The ox was a minister, a sensible one;
Things went slowly, it's true, but at least they got done.
But his dullness bored the king, and on a whim
He gave the job to the monkey who amused him.
Content were the court and the subjects – at first,
But chaos reigned, and soon this gay bubble burst.
The lord laughed, the minister laughed, the subjects cried.
As more and more misfortune was spread far and wide,
The monkey was ousted; a fox took his place,
Who quickly betrayed both the subjects and His Grace.
The traitor and the clown were ousted from state,
The ox became minister and set all things straight.

PAN I PIES

*P*ies szczekał na złodzieja, całą noc się trudził;
Obili go nazajutrz, że pana obudził.
Spał smaczno drugiej nocy, złodzieja nie czekał;
Ten dom skradł; psa obili za to, że nie szczekał.

THE MASTER AND THE DOG

A dog barked at a thief to prevent a disaster;
The next day they beat him for waking the master.
The next night he slept soundly, the thief returned at dark;
And then they beat the dog because he didn't bark.

LEW POKORNY

Źle zmyślać, źle i prawdę mówić w pańskim dworze.
Lew chcąc wszystkich przeświadczyć o swojej pokorze,
Kazał się jawnie ganić. Rzekł lis: „Jesteś winny,
Boś zbyt dobry, zbyt łaskaw, zbytnio dobroczynny."
Owca widząc, że kontent, gdy liszka ganiła,
Rzekła: „Okrutnyś, żarłok, tyran." – Już nie żyła.

THE HUMBLE LION

It's bad to lie and bad to speak truth at court.
The lion wished to prove he was the humble sort,
He told his subjects to complain. And so the fox whined,
"You're guilty of being too generous and too kind."
When she saw that he was pleased with this, the sheep then said,
"You're a cruel gluttonous tyrant." Soon the sheep was dead.

GROCH PRZY DRODZE

*O*szukany gospodarz turbował się srodze:
Zjedli mu przechodzący groch zeszły przy drodze.
Chcąc wetować i pewnym cieszyć się profitem,
Drugiego roku wszystek groch posiał za żytem.
Przyszło zbierać; gdy mniemał mieć korzyść obfitą,
Znalazł i groch zjedzony, i stłoczone żyto.
        Niech się miary trzymają i starzy, i młodzi:
I ostrożność zbyteczna częstokroć zaszkodzi.

PEAS ALONG THE ROAD

*T*here once was a farmer greatly displeased,
At those on the road who had eaten his peas.
To prevent this loss to those who came by,
The next year he sowed his peas behind the rye.
But what surprise he had when harvest time came 'round!
His peas were gone and his rye was trampled to the ground.
        The young and the old should remember hereafter
That being too careful can be a disaster.

WÓŁ I MRÓWKI

Wół się śmiał widząc mrówki w małej pracy skrzętne;
Wtem usłyszał od jednej te słowa pamiętne:
„Z umysłu pracujących szacunek roboty!
Ty pracujesz, bo musisz; my, mrówki, z ochoty."

THE OX AND THE ANTS

The ox laughed at the tiny task of the ant,
Until his wise words made the ox recant:
"The value of work is in the worker's mind,
You are forced to work, but I am so inclined."

SŁOWIK I SZCZYGIEŁ

Rzekł szczygieł do słowika, który cicho siedział:
„Szkoda, że krótko śpiewasz." Słowik odpowiedział:
„Co mi dała natura, wypełniam to wiernie.
Lepiej krótko, a dobrze, niż długo, a miernie."

THE NIGHTINGALE AND THE GOLDFINCH

The nightingale was sitting silent on a limb,
When a goldfinch came by and said these words to him:
"It really is a pity that your song is so short."
The nightingale considered this and made this retort:
"I am bound to accept what nature ordains.
Better short and sweet than long and in vain."

FURMAN I MOTYL

Ugrzązł wóz, ani ruszyć już się nie mógł w błocie;
Ustał furman, ustały i konie w robocie.
Motyl, który na wozie siedział wtenczas prawie,
Sądząc, że był ciężarem w takowej przeprawie,
Pomyślił sobie: „Litość nie jest złym nałogiem."
Zleciał i rzekł do chłopa: „Jedźże z Panem Bogiem!"

THE DRIVER AND THE BUTTERFLY

The wagon would not budge, it was stuck in the mud;
Both horses and driver were stopped by the flood.
A butterfly sitting on top of the cart
Thought his weight was the cause, at least in part,
Thinking: "Of all the virtues, mercy is not least,"
He flew off saying to the peasant: "Go in peace!"

PSZCZOŁY I MRÓWKI

W sąsiedztwie bliskim były dwie rzeczpospolite:
Pszczoły w ulach, w mrowisku mrówki pracowite.
A że przyjaźń sąsiedzka dumy nie umniejsza,
Częste były dysputy: która z nich rządniejsza?
Przyszły czasy jesienne, a na pszczoły strachy:
Poderżnął skrzętny bartnik wykształcone gmachy,
Powypędzał mieszkańców, wyprzątnął spiżarnie:
Poznały wtenczas pszczoły, że zbierały marnie.
A mrówki widząc smutne ich zbiorów ostatki
Rzekły: „Lepsza jest mierność niż zbytnie dostatki."

THE BEES AND THE ANTS

There once were two republics that were close neighbors:
A hive of busy bees; an anthill fraught with labors.
The fact that they were neighbors did not decrease their pride.
Which ones were more thrifty? They never could decide.
Soon the bees were frightened when autumn came around:
The prudent beekeeper cut their well-formed structure down,
He kicked out all the tenants and had their larder drained;
The bees soon realized that they had worked in vain.
Said the ants, having seen the remnants of their treasure:
"Better moderation than wealth in too great measure."

CHLEB I SZABLA

*C*hleb przy szabli gdy leżał, oręż mu powiedział:
„Szanowałbyś mnie bardziej, gdybyś o tym wiedział,
Jak ja na to pracuję i w wieczór, i rano,
Żeby twoich bezpiecznie darów używano."
„Wiem ja – chleb odpowiedział – jakim służysz kształtem:
Jeśli mnie często bronisz, częściej bierzesz gwałtem."

THE BREAD AND THE SWORD

A sword was set down beside a loaf of bread.
"You would have more respect for me," the weapon said,
"If you knew how I worked from morning till night
That men may be safe to enjoy your delight."
"I know," the bread answered, "What service you're under:
You often defend me; more often you plunder."

CZŁOWIEK I WILK

*S*zedł podróżny w wilczurze, zaszedł mu wilk drogę,
„Znaj z odzieży – rzekł człowiek – co jestem, co mogę."
Wprzód się rozśmiał, rzekł potem człeku wilk ponury:
„Znam, żeś słaby, gdy cudzej potrzebujesz skóry."

THE MAN AND THE WOLF

A man in a wolf's skin saw a wolf passing through
And said, "Know from this garb what I am and can do."
At first the wolf laughed, then his tone became grim:
"I know that you're weak if you need another's skin."

ŻÓŁW I MYSZ

Że zamknięty w skorupie niewygodnie siedział,
Żałowała mysz żółwia; żółw jej odpowiedział:
„Miej ty sobie pałace, ja mój domek ciasny;
Prawda, nie jest wspaniały – szczupły, ale własny."

THE TURTLE AND THE MOUSE

The mouse pitied the turtle for being forced to dwell
Cramped and uncomfortable, a prisoner in his shell.
"I've a small hut," said the turtle, "you a palace fine;
My house may not be splendid, but at least it's mine."

MALARZE

*D*waj portretów malarze słynęli przed laty:
Piotr dobry, a ubogi, Jan zły, a bogaty.
Piotr malował wybornie, a głód go uciskał,
Jan mało i źle robił, więcej jednak zyskał.
Dlaczegoż los tak różny mieli ci malarze?
Piotr malował podobne, Jan piękniejsze twarze.

THE PAINTERS

*P*ainting portraits two men make their livelihood:
Jan is bad, but rich, Peter poor, but good.
Despite Peter's skill, hunger knocks at the door,
While Jan's shoddy skill earns him much more.
But why are these painters' fates different by far?
Jan paints faces prettier, Pete as they are.

PAW I ORZEŁ

*P*aw się dął, szklniące pióra gdy wspaniale toczył.
Orzeł górnie bujając, gdy go w locie zoczył,
Rozśmiał się i przeleciał. Wrzasnął paw – w śmiech ptacy.
„Nie znają się – powtarzał – na rzeczach prostacy."
„Znają się – rzekł mu orzeł – wdzięk cenić umieją,
Ale gardzą przysadą i z dumnych się śmieją."

THE PEACOCK AND THE EAGLE

*T*he peacock puffed himself out and flashed his splendid quills,
The eagle soared on high, and laughed at all his frills.
The peacock fumed when he heard the other birds laugh
And said, "These matters are above the vulgar riff-raff."
"They know," the eagle told him, "how grace should be treated,
But they despise the fop and laugh at the conceited."

SĄSIEDZTWO

Zeszło żyto na ziemi leżącej odłogiem;
Cóż po tym, kiedy zewsząd otoczone głogiem.
Grunt był dobry, chociaż go pług nigdy nie ruszył;
Byłoby z niego zboże – głóg wszystko zagłuszył.
    Szczęśliwy, kto z równymi o granicę siedzi!
Zły głód, wojna, powietrze; gorsi źli sąsiedzi.

NEIGHBORS

On land that lay fallow some rye had sprouted,
But soon the hawthorns came up all about it.
The ground was good, though it never saw a plow;
If thorns had not killed it, there would be grain now.
    Those who share borders with equals live well!
War and hunger are bad, but bad neighbors are hell.

MĄDRY I GŁUPI

*P*ytał głupi mądrego: „Na co rozum zda się?"
Mądry milczał; gdy coraz bardziej naprzykrza się,
Rzekł mu: „Na to się przyda, według mego zdania,
Żeby nie odpowiadać na głupie pytania."

THE SAGE AND THE FOOL

*T*he fool asked the sage, "What does wisdom consist in?"
The sage remained silent, but the fool persisted.
So he said, "I can offer this simple suggestion:
Wisdom consists in not asking stupid questions."

WOŁY KRNĄBRNE

Miłe złego początki, lecz koniec żałosny.
Nie chciały w jarzmie chodzić woły podczas wiosny;
W jesieni nie woziły zboża do stodoły;
W zimie chleba nie stało, zjadł gospodarz woły.

THE INSUBORDINATE OXEN

Evil's dawn is pleasant, but its dusk often stings.
The oxen refused to wear a yoke in the spring;
In fall they would not carry grain, though they were beaten;
There was no bread in winter: the oxen were eaten.

WILK I OWCE

Wilk, chociaż to ostrożny, przecie że żarłoczny,
Postrzegł ścierwo, chciał dostać i wpadł w dół poboczny.
Siedzi w jamie a wzdycha; wtem owieczki słyszy.
Patrzą w dół, aż wilk w jamie siedzi, ledwo dyszy.
Odezwał się na koniec, rzekł do nich powolnie:
„Nie wpadłem, za pokutę siedzę dobrowolnie;
Trzeba czynić pokutę za boje, za groźby,
Za to, żem was pożerał..." Owce zatem w prośby:
„Wynidź z dołu!..." „Nie wyjdę!..." „My będziem podnosić..."
Droży się wilk, na koniec dał się im uprosić.
Jęły się więc roboty i tak pracowały,
Że go z dna samego jamy wydostały.
Wyszedł, a zawdzięczając nierozumnej kupie,
Pojadł, pogryzł, podusił wszystkie owce głupie.

THE WOLF AND THE SHEEP

The wary wolf was overcome by a hunger fit.
He tried to reach a carcass and fell into a pit.
Some sheep who were approaching heard him as he sighed.
They peered into the hole and saw the wolf inside.
At last the wolf called up to them, sounding very ill:
"I am doing penance here, of my own free will;
I've decided to repent for all of my sins.
For killing so many sheep...I did not fall in."
The sheep begged: "Come out! But the wolf replied, "I won't."
"Then we'll come in and carry you out if you don't."
The sheep struggled at their task with body and soul,
And soon they had hoisted the wolf out of his hole.
When free, the wolf showed his thanks in one joyous leap,
Then slaughtered and devoured all the stupid sheep.

SŁOŃ I PSZCZOŁA

*N*iechaj się nigdy słaby na mocnych nie dąsa!
Zaufana tym pszczoła, że dotkliwie kąsa,
Widząc, że słoń ogromny na łące się pasie,
A na nią nie uważa, choć przybliżyła się,
Chciała go za to skarać. Gdy kąsać poczęła,
Cóż się stało? Słoń nie czuł, a pszczoła zginęła.

THE ELEPHANT AND THE BEE

*N*ever should the weak be spiteful of the strong!
A bee once noticed, as she buzzed along,
An enormous elephant grazing below.
Thinking, "What right has he to ignore me so?"
She wanted to sting him, but what happened when she tried?
The elephant didn't feel it, and the bee died.

JAGNIĘ I WILCY

Zawżdy znajdzie przyczynę, kto zdobyczy pragnie.
Dwóch wilków jedno w lesie nadybali jagnię;
Już go mieli rozerwać; rzekło: „Jakim prawem?"
„Smacznyś, słaby i w lesie!" – Zjedli niezabawem.

THE LAMB AND THE WOLVES

Whoever seeks to conquer will find an excuse.
Two wolves in the woods were stalking a lamb that was loose.
Before they pounced upon it, the lamb said: "By what right?"
"You're tasty, weak and in the woods!" – They ate it in one bite.

CZŁOWIEK I ZWIERŚCIADŁA

W zwierściadło co powiększa, wspojźrzał człowiek mały:
Ucieszył się niezmiernie, że tak okazały.
Mniemał już być olbrzymem; gdy się więc nasrożył,
Ktoś zwierściadło, co zmniejsza, przed niego położył.
Stłukł obydwie i odtąd zwierściadłom nie wierzył.
Poznał prawdę na koniec, gdy się piędzią zmierzył.

THE MAN AND THE MIRRORS

*A*n enlarging mirror once crossed a small man's sight:
He had become a giant, much to his delight.
He started to swagger; then somebody new
Placed a reducing mirror into his view.
He smashed both mirrors, he saw through their trick
And learned the truth by measuring with a stick.

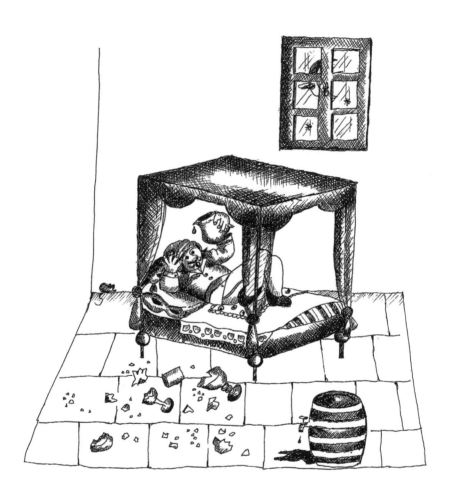

PIJAK

Trawiąc niegdyś nad flaszką nocy i poranki,
Chory pijak stłukł wszystkie kieliszki i szklanki;
Klął miód, piwo znieważał, wino zwał tyranem.
Przyszedł potem do zdrowia i ... odtąd pił dzbanem.

THE DRUNK

After living on the bottle day and night,
The sick drunk smashed his glasses in his fright;
He cursed mead, called wine tyrant, beer a thug.
Then he got well ... and drank straight from the jug.

DOBROCZYNNOŚĆ

*C*hwaliła owca wilka, że był dobroczynny;
Lis to słysząc spytał ją: „W czymże tak uczynny?"
„I bardzo – rzecze owca – niewiele on pragnie.
Moderat! Mógł mnie zajeść, zjadł mi tylko jagnię."

CHARITY

A sheep was praising the wolf for his charity.
The fox was shocked by this irregularity.
"His wants," said the sheep, "are moderate as can be:
He only ate my lamb; he could have eaten me."

DOKTOR I ZDROWIE

*R*zecz ciekawą, lecz trudną do wierzenia powiem:
Jednego razu doktor potkał się ze zdrowiem;
On do miasta, a zdrowie z miasta wychodziło.
Przeląkł się, gdy go postrzegł, lecz że blisko było,
Spytał go: „Dlaczegoż to tak spieszno uchodzisz?
Gdzie idziesz?" Zdrowie rzekło: „Tam, gdzie ty nie chodzisz."

THE DOCTOR AND HEALTH

I'll tell you a tale you'll have trouble believing:
A doctor went to town just as Health was leaving.
So they met along the road, and as Health drew near
The doctor was frightened, but he conquered his fear
To ask, "Where are you going so quickly this day?"
Health answered, "When you come, I run the other way."

WILCZEK

Wilczek chowany zrobił się grzecznym,
  Bezpiecznym.
Jegomość pieścił, jejmość go pasła,
  Przywykł do mleka i masła.
  Hoży, dogodny,
  Wilczek był modny.
Nieszczęściem kurczę zaszło mu drogę,
Chęć: zjem to kurczę; skrupuł: nie mogę.
  Więc chciwy, trwożny a czuły,
  Gdy się biedził ze skrupuły,
  Jakoś w tej walce gorącej
  Zjadło się kurczę niechcący.
Po kurczęciu kogutek, po kogutku kura –
  Przemogła rozum natura.
Zresztą poszedł do lasa, a wpadłszy w manowce
Ów wilczek stał się wilkiem, gryzł gęsi i owce;
  Aż go na koniec w jamie dostali.
  Najciężej zacząć, pójdzie się dalej.

A WOLF CUB

A wolf cub was raised to be polite,
sheltered from the world and its sights,
Spoiled by his sire and fed by his dam,
He grew accustomed to milk, butter, and jam.
      With style and compassion,
      The cub was in fashion.
But a chick crossed his path, a while ago,
His instinct said, "Eat it!" His scruples said, "No!"
      Rapacious, though loving and shy,
      His scruples were hard to defy,
But in the heat of his battle so thick,
Unwillingly, he ate the little chick.
Later a bantam, still later a hen,
Nature has conquered his reason by then.
So he went to the forest, the wilderness deep,
The cub was a wolf, he ate geese and sheep;
He's there in his den, you'll find him within.
It's easy to continue, once you begin.

DZIECI I ŻABY

*K*oło jeziora
        Z wieczora
Chłopcy wkoło biegały
I na żaby czuwały:
Skoro która wypływała,
Kamieniem w łeb dostawała.
Jedna z nich, śmielszej natury,
Wystawiwszy łeb do góry,
Rzekła: „Chłopcy, przestańcie, bo się źle bawicie!
Dla was to jest igraszką, nam idzie o życie."

CHILDREN AND FROGS

*A*round a lagoon
        In late afternoon
Boys were running through the bogs,
        Searching for frogs:
As soon as one surfaced and peeked at the sky
        The boys would let their rocks fly.
        Courageously raising his head,
        One of the bolder frogs said:
"Stop this bad game, boys, do not persist!
You want to have fun, but we want to exist."

PASTERZ I OWCE

Owca na wilka
Płakała dni kilka:
Młode jagnię
Zagryzł w bagnie.
I pasterz, co go hodował,
Żałował;
Zgoła płakali oboje
Jak swoje.
Widząc to koza rzekła do drugiej:
„Patrz, co to człowiek czyni usługi!
Zasila w życiu, żałuje w zgubie;
Jakże go lubię!"
„Siebie on lubi – rzekła jej druga –
Chytra to czułość, chytra usługa,
Nie płacze jagnię!
On mięsa pragnie!"

THE SHEPHERD AND THE SHEEP

The sheep spent
Days on her lament
For the lamb that the wolf had swallowed
Down at the wallow.
The shepherd who had watched the sheep
Also did weep.
In fact, he cried
As if his own son had died.
Seeing this and moved by such beauty,
A goat said, "See the man do his duty!
Effort in life, sorrow in death;
He shows his love with every breath!"
"He loves himself," Another made reply,
"His service is clever, his feeling is sly.
He isn't crying because the lamb's dead!
He's crying for losing the meat, instead!"

SKOWRONEK

W czasy gorące
    Na łące
Pasły się społem
    Osieł z wołem:
Tamten chwastem, ten trawą;
A pomiędzy murawą,
Tam gdzie kwiaty i ziółka –
    Pszczółka.
Chwytając motylki, zbierając robaczki
    Bujał skowronek nad krzaczki.
Na jednej łące wszystko się działo.
Pszczółka brzęcząc w ul niosła zdobycz okazałą,
    Chwast z trawą to użyczał;
    Osieł beczał, wół ryczał.
Skowronek, wzbijając się, czule i radośnie
    Dawał wdzięk wiośnie.
Tak rozum z cicha, a głupstwo z hukiem
    Wychodzą drukiem.

THE SKYLARK

In summer weather
    Grazed together
    An ox and an ass:
One on weeds, the other on grass;
And amid the flowers on the lea –
    There was a bee.
Catching butterflies and gathering grubs,
A skylark fluttered among the shrubs.
In a single meadow all of them thrived.
The bee buzzed bearing nectar to the hive,
The weeds and the grass shared the meadow;
    The ass brayed, the ass bellowed.
The skylark's joyous taking wing
Gave a certain grace to the spring.
Just so are our publications endowed:
Wisdom is quiet, stupidity loud.

MYSZY

*K*ażdy się swoim zatrudnia kłopotem:
Radziły myszy, co tu zrobić z kotem.
Mówiły jedne: „Darami go skusić!"
Mówiły drugie: „Lepiej go udusić!"
Wtem się odezwał szczur szczwany, bo stary:
„Próżne to groźby, próżne i ofiary.
I dary weźmie, i przysięgi złamie!
Najlepiej cicho siedzieć sobie w jamie,
A opatrzywszy zewsząd bez łoskotu
Ani być z kotem, ani przeciw kotu."

MICE

*E*veryone has troubles: no wonder that
Mice were deciding what to do with the cat.
"Let's bribe him with presents!" one of them said.
Another answered, "Let's strangle him instead!"
A rat then spoke up whom old age had made sly:
"Presents are useless and threats don't apply.
He'll take gifts, break oaths, and treaties contest!
Better to sit quietly in your nest,
Watching him carefully, wherever he's at,
And neither be with nor against the cat."

LEW CHORY

I panowie chorują, czemuż lwy nie mogą?
               Boleścią srogą
          Lew zdjęty ryczał; nieborzęta
               Drżały zwierzęta,
     Te, co na dworze króla jegomości,
               W żałości
     Przymilały się panu. A że gdzie chory,
               Tam i doktory:
Niedźwiedź mimo powagę wraz z lisem kolegą
               Natychmiast biegą.
     W radę: niedźwiedź po prostu
     Na niestrawność życzył postu;
               I zdławion za to.
     Lis, przelękły zapłatą,
Kiedy się go pytano, co brać na chorobę,
     Rzekł: „Pan chory na wątrobę.
     Moja rada o tej dobie
               Podjeść sobie:
     Komu post miły, niech gryzie śledzia,
               Pan zje niedźwiedzia."
Nadgrodzony obficie, że dogodnie życzył,
Nowym kunsztem chorego doktorem uleczył.

THE SICK LION

*L*ions get sick, even though they are lords.
    The great lion roared
    In pain severe,
The other animals trembled in fear,
And those who served at the court of the king,
    Sympathizing,
Coddled their lord. And when someone is ill,
Doctors appear to show off their skill:
Despite his prestige a bear came running,
Along with him came the fox, so cunning;
The bear came forward with his suggestion,
Prescribing a fast for indigestion;
    In payment the bear was strangled.
    The fox's nerves were jangled.
When asked what to take for the king's unease,
He said, "I believe your liver's diseased.
    And my advice, at least
    Is for you to have a feast:
Whoever likes fasting, let him eat fish,
But bear is a suitable royal dish."
The fox was rewarded for his new trick
Of using the doctor to heal the sick.

RUMAK I ŻREBIEC

Koń w rzędzie sutym, zewsząd szklniący złotem,
Rżąc deptał ziemię pod jeźdźcem wspaniałym.
Żrebiec bez uzdy posuwistym lotem
Uginał trawy w pędzie wybujałym.
Razem ku sobie zbliżyły się oba.
Rzekł rumak: „Patrzaj, jaka moja postać!
Siodło, rząd złoty jak ci się podoba?
Przyznaj, bez jeźdźca trudno tego dostać.
Na wspaniałości wcale się nie znacie,
Tułacze w łąkach jak nikczemne bydło."
„Prawda – rzekł żrebiec– jednakże, mój bracie,
Chociaż to złoto, przecież to wędzidło."

THE STEED AND THE COLT

A horse in rich trappings, flashing with gold,
Pounded the earth 'neath his rider so bold.
Nearby a colt, exuberantly idle
Scampered through the grass, without a bridle.
And as each of them to the other drew near,
The steed said, "Look how splendid I appear!"
"How do you like my gold trappings and saddle?
They only come with a rider astraddle.
You know nothing of magnificence now,
Wandering the meadow just like a cow."
"You're right," said the colt, "I know nothing of it,
Yet I know, though golden, that that's still a bit."

PRZYJACIELE

Zajączek jeden młody
Korzystając z swobody
Pasł się trawką, ziółkami w polu i ogrodzie,
Z każdym w zgodzie.
A że był bardzo grzeczny, rozkoszny i miły,
Bardzo go inne zwierzęta lubiły.
I on też, używając wszystkiego z weselem,
Wszystkich był przyjacielem.
Raz gdy wyszedł w świtanie i bujał po łące,
Słyszy przerażające
Głosy trąb, psów szczekania, trzask wielki po lesie.
Stanął... Słucha... Dziwuje się...
A gdy się coraz zbliżał ów hałas, wrzask srogi,
Zając w nogi.
Wspojźrzy się poza siebie: aż tu psy i strzelce!
Strwożon wielce,
Przecież wypadł na drogę, od psów się oddalił.
Spotkał konia, prosi go, iżby się użalił:
„Weź mnie na grzbiet i unieś!" Koń na to: „Nie mogę,
Ale od innych pewną będziesz miał załogę."
Jakoż wół się nadarzył. „Ratuj, przyjacielu!"
Wół na to: „Takich jak ja zapewne niewielu
Znajdziesz, ale poczekaj i ukryj się w trawie,
Jałowica mnie czeka, niedługo zabawię.
A tymczasem masz kozła, co ci dopomoże."
Kozieł: „Żal mi cię, nieboże!
Ale ci grzbietu nie dam, twardy, nie dogodzi;
Oto wełniasta owca niedaleko chodzi,
Będzie ci miętko siedzieć." Owca rzecze:
„Ja nie przeczę,
Ale choć cię uniosę pomiędzy manowce,
Psy dogonią i zjedzą zająca i owcę;
Udaj się do cielęcia, które się tu pasie."
„Jak ja ciebie mam wziąć na się,
Kiedy starsi nie wzięli?" – cielę na to rzekło
I uciekło.
Gdy więc wszystkie sposoby ratunku upadły,
Wśród serdecznych przyjaciół psy zająca zjadły.

FRIENDS

Once there was a little hare
Who gamboled freely here and there
Eating grass and garden herbs
No one did he ever disturb.
And because he was so kind and polite,
All the animals loved him quite.
And being so happy under the sun,
He was a friend to everyone.
But once when he went out at dawn,
He heard something frightening on the lawn:
The din of dogs and horns in the wood.
He listened with wonder as he stood...
When the noise drew nearer, he gave a squeal,
And quickly took to his heals,
He saw hunters and dogs, glancing behind,
And he was terrified out of his mind,
He came upon the road to the city,
A horse was there whom he begged to have pity:
"Take me on your back!" The horse said, "Not I,
But you will find others to help you fly."
He came on an ox and cried, "Help me, Friend!"
The ox replied, "I will gladly attend
To your needs, but first hide here in the grass,
A heifer awaits me, the time will soon pass.
But meanwhile here is a goat who can help."
The goat said, "I'm sorry, poor whelp!
I can't give my back to you; it's too hard;
Look, here comes a sheep just out of the yard,
There you'll sit softly." The sheep, in reply,
Said, "I don't deny,
But if I should carry you through the woods deep,
The dogs would devour both hare and sheep;
Go to the calf who is pasturing here."
"How do you expect me to help you, dear,
When the older ones wouldn't?" the calf said
And then he fled.
When chances for help had come to an end,
The dogs ate the hare among his dear friends.

CESARZ CHIŃSKI I SYN JEGO
(Z dziejów tamtejszych)

Chińczyki mają rozum, choć daleko siedzą,
    I bajki wiedzą.
Jeden z nich, a co większa, cesarz tego ludu,
    Nie szczędził trudu,
Aby pan syn, następca jego, nie był osłem.
Raz płynął z nim po wodzie, a gdy robił wiosłem
    I płynąc nucił,
W brzeg uderzył i łódki ledwo nie wywrócił;
    Obydwa sie przestraszyli.
    Korzystając ojciec z chwili
Rzekł: „Patrz, jak przez niebaczność źlem sobie poradził,
Gdybym nie śpiewał, o brzeg bym nie zawadził.
    Z mojego czynu
    Naucz się synu:
Łódka tron, lud jest woda i nosi ją snadno;
Kiedy sternik niebaczny, łódka idzie na dno.“

THE CHINESE EMPEROR AND HIS SON
(From Ancient History)

The Chinese are wise, thought they live far away,
And our fable will tell of this today.
They once had an emperor, long ago,
    Who would spare no woe,
That his son, his successor, not be an ass.
As he was rowing their boat, it came to pass,
That they hit the shore as he started to sing,
And they barely avoided capsizing:
They were both frightened by this sensation.
Taking advantage of this situation,
The father said, "Look what my carelessness did,
If I hadn't sung, we wouldn't have slid
    Onto shore. And so, my son,
    Learn from what I have just done:
The people are water, the throne is a boat,
If the helmsman is careless, it won't stay afloat."

CZAPLA, RYBY I RAK

Czapla stara, jak to bywa,
Trochę ślepa, trochę krzywa,
Gdy już ryb łowić nie mogła,
Na taki się koncept wzmogła.
Rzekła rybom: „Wy nie wiecie,
A tu o was idzie przecie."
        Więc wiedzieć chciały,
Czego się obawiać miały.
        „Wczora
        Z wieczora
Wysłuchałam, jak rybacy
Rozmawiali: wiele pracy
Łowić wędką lub więcierzem;
Spuśćmy staw, wszystkie zabierzem.
        Nie będą mieć otuchy,
        Skoro staw będzie suchy."
Ryby w płacz, a czapla na to:
„Boleję nad waszą stratą;
Lecz można złemu zaradzić
I gdzie indziej was osadzić.
        Jest tu drugi staw blisko,
        Tam obierzcie siedlisko.
        Chociaż pierwszy wysuszą,
        Z drugiego was nie ruszą."
„Więc nas przenieś"– rzekły ryby.
Wzdrygała się czapla niby;
Dała się na koniec użyć,
        Zaczęła służyć.
Brała jedną po drugiej w pysk, niby nieść mając
        I pomału zjadając;
Zachciało się na koniec skosztować i raki.
Jeden z nich widząc, że go czapla niesie w krzaki,
Postrzegł zdradę, o zemstę zaraz się pokusił;
Tak dobrze za kark ujął, iż czaplę udusił.
        Padła nieżywa:
        Tak zdrajcom bywa.

THE HERON, THE FISH, AND THE CRAB

*T*here was an old heron, once upon a time,
A little bit crooked, a little bit blind,
When there came a time, when she couldn't fish,
She had another way to get her dish.
She said to the fish, "If I do say so,
There's something concerning you that you should know."
      Then the fish all wanted to hear,
      Just what reason they had to fear.
         "Just last night,
         At twilight,
I heard the fishermen say "It's a lot
Of work to fish with a rod or a pot,
Let's drain the pond, they'll have nowhere to hide,
We'll catch all the fish when the pond is dried."
The fish began weeping, and at this sight,
The heron stated, "I pity your plight;
I think I can help you out of this mess,
I can carry you somewhere else...Why yes!
      I know a place where you can stay,
      Another pond, not far away.
      And if they dry out this whole pond,
      You'll be safe in the one beyond."
The fish all shouted, "Take us there, please!"
The heron performed her service with glee,
         And with a jerk
         She set to work.
One fish at a time she took in her bill,
And stealthily managed to eat her fill,
And then she developed a taste for crab,
      But one of them, that she had grabbed,
      Realized he had been betrayed
When he was flown to the edge of a glade;
He sought his revenge without speaking a word,
And managed to pinch the neck of the bird,
He strangled the heron, she fell down dead,
"Thus always to traitors!" the crab then said.

PODRÓŻNY

Arab jeden, gdy go noc w podróży zapadła,
A był dwa dni wśród stepu bez wody, bez jadła,
Postrzegł worek na drodze; wziął, rozweselony,
A w blasku gwiazd chcąc wiedzieć, czym był napełniony,
Jęknął i rzekł niezmierną boleścią przejęty:
„Jam rozumiał, że kasza, a to dyjamenty!"

THE TRAVELER

An Arab, left in the steppe without quarter,
After two full days without food or water,
Found a bag on the road, which made his heart glad,
By starlight he tried to see what the bag had.
He groaned and muttered in infinite pain,
"It only has diamonds, I thought it had grain!"

WÓZ Z SIANEM

*P*rzy powrozie
Na wozie
Wielki ciężar konie wlekły,
  Wiec sobie rzekły:
„Aby naszą pracę skrócić,
Starajmy się wóz wywrócić."
  I tak się stało:
Siano się w wodzie zmaczało.
Ale czego nie dociekły,
Cięższe, bo zmokłe do domu przywlekły.
  A nim wyschło bywszy w wodzie,
Pracowały trzy dni w głodzie.

THE HAYCART

*I*n harness of leather,
  Working together,
The horses were pulling their heavy load;
One said to the other, along the road,
  "Let's try to be smart,
We'll lighten our load if we upset the cart."
And thus it occurred that the cart was upset,
And all of the hay from the cart got wet.
The plan did not work, for they had to groan
At pulling the heavier, damp hay home,
And then they worked hungry the next three days.
That's how long it took to dry out the hay.

DĄB I MAŁE DRZEWKA

*O*d wieków trwał na puszczy dąb jeden wyniosły;
W cieniu jego gałęzi małe drzewka rosły.
A że w swojej postaci był nader wspaniały,
Że go dorość nie mogły,wszystkie się gniewały.
Przyszedł czas i na dęba pełnić srogie losy;
Słysząc, że mu fatalne zadawano ciosy,
Cieszyły się niewdzięczne. Wtem upadł dąb stary,
Połamał małe drzewka swoimi konary.

THE OAK AND THE SAPLINGS

*F*or centuries an ancient oak had stood,
And saplings had grown in its shade in the wood,
But because its stature was so immense,
The saplings couldn't grow and became incensed.
The time came for the oak to undergo
Its fate. Hearing of the coming fatal blow,
The thankless were happy, but when the oak fell,
Its branches brought down the saplings as well.

GĘSI

Gęsi, że Rzym uwolniły,
    Wielbione były;
A że się to i w nocy, i krzyczeniem działo,
    Ujęte chwałą,
Szły na radę i stanęło,
Aby zacząć nowe dzieło:
    W krzyczeniu się nie szczędzić,
    Lisy z lasa wypędzić.
Więc wspaniałe a żwawe,
Poszły w nocy i wrzawę
    W lesie zrobiły,
    Lisy zbudziły:
A te, gdy z jam wypadły,
Zgryzły gęsi i zjadły.

THE GEESE

Just about everyone knows the story,
Of the gaggle of geese that attained glory,
By raising a ruckus deep in the night,
And thus saving Rome from an awful plight.
And flush with everyone's admiration,
They set themselves a new obligation:
Honking as much as they possibly could,
To drive the foxes out of the woods.
So in a magnificent parade,
They went out into the night and made
Such a racket in the forest deep,
That it awoke the foxes from their sleep,
And being disturbed from their quiet peace,
They emerged from their dens and ate the geese.

ZAJĄCZEK

Już pora miła
Wiosny wschodziła;
Młode gałązki
Szły na zawiązki,
Trawki bujały;
Zajączek mały
Cieszył się wiosną.
Mruczał jednak na trawki, że tak prędko rosną.
    Bo dla takiej odmiany
  I widzieć nie mógł, i nie był widziany.
Gdy je więc wydeptywał, po łące igrajac,
    Rzekł stary zając:
„Zetną trawki, ty wzrośniesz i gdy się czas zmieni,
Na to, co w wiośnie pragniesz, zapłaczesz w jesieni".

THE LITTLE HARE

It was that pleasant time of year
When Spring comes in and buds appear,
    Grass was growing everywhere,
        And the little hare,
        Was glad it was Spring.
        But there was one thing:
    He complained about the grass,
    That it was growing too fast.
        It was so tall and green
        That he couldn't see or be seen.
But when he went out to play in the grass,
An older hare said, "It will come to pass
That you will grow up and the grass will die,
For your wish in the Spring, in the Fall you'll cry."

ZWIERCIADŁO PODCHLEBNE

Patrząc się we zwierciadło, a widząc się białą,
Lubiła go smagława, że jej podchlebiało.
Przyszła do niej znajoma, nierównie czarniejsza.
Gdy postrzegła, że i tej szpetności umniejsza,
Zła, że i jej sąsiadce do gustu przypadło,
Stłukła w drobne kawałki podchlebne zwierciadło.

THE FLATTERING MIRROR

When she looked in the mirror at her reflection
The girl was pleased that it lightened her complexion.
When her friend came by, much plainer than she,
She saw that it made her much less ugly.
That her neighbor was pleased just gave the girl fits,
So she shattered the flattering mirror to bits.

FILOZOF I CHŁOP

Wielki jeden filozof, co wszystko posiadał,
Co bardzo wiele myślał, więcej jeszcze gadał,
Dowiedział się o drugim, który na wsi mieszkał.
            Nie omieszkał
        I kolegę odwiedzić,
      I od niego się dowiedzieć,
Co umiał i skąd była ta jego nauka.
        Znalazł chłopa nieuka,
Bo i czytać nie umiał, a więc książek nie miał.
            Oniemiał.
A chłop w śmiech: „Moje księgi – rzekł – wszystkie na dworze:
            Wół, co orze,
Sposobi mnie do pracy, uczy cierpliwości,
        Pszczoła pilności,
        Koń, jak być zręcznym,
        Pies, jak wiernym i wdzięcznym,
A sroka, co na płocie ustawicznie krzeczy,
Jak lepiej milczyć niźli gadać nie do rzeczy."

THE PHILOSOPHER AND THE PEASANT

A philosopher with great knowledge in store,
Who thought about much and talked about more,
Once heard of another who lived on a farm,
      And thinking it would do no harm,
      And that it might even be pleasant,
To see what he knew and give him a call
And to find out where he had learned it all,
But all he found was an ignorant peasant,
Who had no books and couldn't read.
The philosopher was perplexed indeed.
"My books," laughed the peasant, "are all outside:
In teaching me diligence, bees are my guide,
While the powerful ox as he plows the soil,
Teaches me patience and how to toil,
The horse teaches me how to be graceful,
The dog how to be faithful and grateful
And the magpie. that sits on the fence and squawks
That it's better to shut up than to aimlessly talk."

WILCZKI

*P*stry jeden, czarny drugi, a bury najmniejszy,
Trzy wilczki wadziły się, który z nich piękniejszy.
    Mówił pierwszy: „Ja rzadki!"
    Mówił drugi: „Ja gładki!"
Mówił trzeci: „Ja taki jak i pani matka!"
    Trwała zwadka.
    Wtem wilczyca nadbiegła:
    Gdy w niezgodzie postrzegła:
    „Cóż to – rzecze – same w lesie
      Wadzicie się!"
Więc one w powieść, jak się rzecz działa.
    Gdy wysłuchała:
„Idzie tu wam o skórę – rzekła – miłe dzieci,
    Która zdobi, która szpeci,
Nasłuchałam się tego już to razy kilka,
    Nie przystoi to na wilka
      Wcale.
      Ale
    Jak będziecie tak w kupie
    Dysputować się głupie
    Wiecie, kto nie zbłądzi?
Oto strzelec was pozwie, a kusznierz osądzi."

WOLF CUBS

One spotted, one black, and the littlest gray,
Three wolf cubs were arguing one summer day
Over which was the prettiest. One said, "It's me!
My coat is the smoothest, as anyone can see!"
The next said, "My coat is like no other!"
And the third said, "Mine is like our mother!"
But then the she–wolf came,
And angry at their game
Said, "Why are you quarreling here in the wood?"
They told her their story as best they could.
And after she had heard,
She spoke these angry words:
"Are you concerned, my cubs, about your skins?
"Fine or shabby, thick or growing thin?
"Many times I've heard it all,
"It's not fitting, such a brawl.
"Wolves should keep their mouths shut.
„But
"If you can't stop arguing
"Over such a silly thing,
"The hunter will come by your little nest,
"And the furrier will say whose coat is best."

SŁONECZNIK I FJAŁEK

Jeden wielki, drugi mały:
Słonecznik wzrostem wspaniały,
Fijałek skromny postacią,
Jak to bywa między bracią,
Na koniec się powadzili.
O co?... Raz wraz z sobą byli:
A być razem, a być w zgodzie
Ciężko nawet w jednym rodzie.
Szło o słońce, a hardy z swojego nazwiska,
Ten, co jaskrawym blaskiem się połyska
I za słońcem się obraca,
Gardził drugim, iż się zwraca
I kryje pomiędzy trawą.
Gdy więc nań powstawał żwawo,
Rzekł fijałek: „Miły bracie,
Żal mi cię, gdy patrzę na cię.
Chociaż jaśnie oświecony,
A ja do blasku niezdolny,
Twój wzrot jednak przymuszony;
Ja w ukryciu, ale wolny."

THE SUNFLOWER AND THE VIOLET

One was large, the other one slight,
The sunflower grew to marvelous height,
While the violet assumed stature lowly:
As often happens between brothers, slowly
But surely they got in each other's way.
Why so? They grew together every day:
To be together and in harmony
Is hard even in the same family.
It all concerned the sun: proud of his name,
The one whose petals caught the sparkling flame
Of light always turned his head towards the sun,
And he despised his brother who did shun
Its rays and hide himself amidst the grass.
But when the great one turned on him in wrath,
The violet gave answer, "Brother Dear,
It makes me sad to look at you so near,
Although your face is always brightly lit,
While to the sun's rays I appear unfit,
Your gaze is forced, as I can plainly see,
I may have to hide, but still I am free."

KONIEC

A jeszcze jedną! Albo to przychodzą
Bajki na rozkaz? Gdy zechcą się rodzą,
A kiedy nie chcą, wołaj, wrzeszcz jak czajka,
    Nie przyjdzie bajka.
Tak jak nasz Józio, co go pieści matka,
    Postrzegł opłatka.
Postrzec, naprzeć się – to u niego jedno.
    Więc matkę biedną
Nuż męczyć: „Daj go!" A opłatek zjadła.
„Dam – rzekła – ale, Józiu, ucz się abecadła."
Porozumiał to Józio, za co go tak łechce,
Więc rzekł: „Schowaj opłatek; kiedy każesz, nie chcę!"

THE END

One more! As if fables will come on command?
They're born when they want to, not when they're planned.
If they don't, you can squawk just like a jaybird,
But still they won't come, not a single word.
It's just like our Joey when he had seen cake
That his mother had taken pains to make
What he sees, he wants, for him it's the same,
        And so he tortured this poor dame
Shouting, "Give it to me!" every chance he could get.
"Have it," she said, "but learn the alphabet."
Joey understood that the cake was a lure,
And said, "Now I don't want the cake any more."

Polish interest titles from Hippocrene Books . . .

QUO VADIS
by Henryk Sienkiewicz
translated by W.S. Kuniczak
New Paperback Edition!

Written nearly a century ago and translated into over 40 languages, *Quo Vadis* has been the greatest best-seller in the history of literature. W.S. Kuniczak, the most acclaimed translator of Sienkiewicz in this century, brings us this epic story of love and devotion in Nero's time. *Quo Vadis* remains without equal a sweeping saga set during the degenerate days leading to the fall of the Roman empire and the glory and agony of early Christianity.
589 pages   6x9   0-7818-0550-3 $19.95pb   (648)

A TREASURY OF POLISH APHORISMS: A Biilingual Edition
compiled and translated by Jacek Galazka

This collection comprises 225 aphorisms by eighty Polish writers, many of them well known in their native land. Twenty pen and ink drawings by talented Polish illustrator Barbara Swidzinska complete this remarkable exploration of true Polish wit and wisdom.
140 pages   5 ½ x 8 ½, 20 illustrations   0-7818-0549-X $12.95   (647)

GLASS MOUNTAIN
Twenty-Eight Ancient Polish Folktales and Fables
retold by W.S. Kuniczak
illustrated by Pat Bargielski

"It is an heirloom book to pass on to children and grandchildren. A timeless book, with delightful illustrations, it will make a handsome addition to any library and will be a most treasured gift."
160 pages   6 x 9, 8 illustrations   0-7818-0552X $16.95hc   (645)

OLD POLISH LEGENDS
retold by F.C. Anstruther
wood engravings by J. Sekalski

Now in a new gift edition, this fine collection of eleven fairy tales, with an introduction by Zygmunt Nowakowski, was first published in Scotland during World War II, when the long night of German occupation was at its darkest.
66 pages   7¼ x 9, 11 woodcuts   0-7818-0521-X $11.95hc   (653)

TREASURY OF POLISH LOVE POEMS, QUOTATIONS & PROVERBS
edited and translated Miroslaw Lipinski

Works by Krasinski, Sienkiewicz and Mickiewicz are included among 100 selections by 44 authors.
128 pages   0-7818-0297-0 $11.95   (185)
Audiobook: 0-7818-0361-6 $12.95   (576)

TREASURY OF CLASSIC POLISH LOVE SHORT STORIES, in Polish and English
edited by Miroslaw Lipinski

This charming gift volume delves into Poland's rich literary tradition to bring you classic love stories from five renowned authors. It explores love's many romantic, joyous, as well as melancholic facets, and is destined to inspire love and keep its flame burning bright.
128 pages   0-7818-0513-9 $11.95   (603)

SONG, DANCE & CUSTOMS OF PEASANT POLAND
Sula Benet
preface from Margaret Mead

"This charming fable-like book is one long remembrance of rural, peasant Poland which almost does not exist anymore… but it is worthwhile to safeguard the memory of what once was… because what [Benet] writes is a piece of all of us, now in the past but very much a part of our cultural background." —Przeglad Polski

247 pages, illustrations   0-7818-0447-7 $24.95hc   (209)

POLISH FOLK DANCES & SONGS: A Step-by-Step Guide
Ada Dziewanowska

The most comprehensive and definitive book on Polish dance in the English language, with in-depth descriptions of over 80 of Poland's most characteristic and interesting dances. The author provides step-by-step instruction on positions, basic steps and patterns for each dance. Includes over 400 illustrations depicting steps and movements and over 90 appropriate musical selections. Ada Dziewanowska is the artistic director and choreographer of the Syrena Polish Folk Dance Ensemble of Milwaukee, Wisconsin.

800 pages   0-7818-0420-5 $39.50hc   (508)

THE POLISH HERITAGE SONGBOOK
compiled by Marek Sart
illustrated by Szymon Kobylinski
annotated by Stanislaw Werner

This unique collection of 80 songs is a treasury of nostalgia, capturing echoes of the long struggle for freedom carried out by generations of Polish men and women. The annotations are in English, the songs are in Polish.

166 pages, 65 illus,80 songs, 6 x 9   0-7818-0425-6 $14.95pb   (496)

Cooking the Polish Way . . .

POLISH HERITAGE COOKERY, Illustrated Edition
Robert & Maria Strybel

New illustrated edition of a bestseller with 20 color photographs! Over 2,200
recipes in 29 categories, written especially for Americans!
"Polish Heritage Cookery is the best [Polish] cookbook printed in English on the
market!"—Polish American Cultural Network
915 pages, 16 pages color photographs   0-7818-0558-9 $39.95hc   (658)

THE BEST OF POLISH COOKING, Revised Edition
Karen West

"A charming offering of Polish cuisine with lovely woodcuts throughout."
        —*Publishers Weekly*

"Ethnic cisine at its best."—*The Midwest Book Review*
219 pages   0-7818-0123-3 $8.95pb   (391)

OLD WARSAW COOKBOOK
Rysia

Includes 850 mouthwatering Polish recipes.
300 pages   0-87052-932-3 $12.95pb   (536)

OLD POLISH TRADITIONS IN THE KITCHEN
AND AT THE TABLE

A cookbook and history of Polish culinary customs. Short essays cover subjects
like Polish hospitality, holiday traditions, even the exalted status of the
mushroom. The recipes are traditional family fare.
304 pages   0-7818-0488-4 $11.95pb   (546)

All prices subject to change. TO PURCHASE HIPPOCRENE BOOKS contact your local bookstore, call (718) 454-2366, or write to: HIPPOCRENE BOOKS, 171 Madison Avenue, New York, NY 10016. Please enclose check or money order, adding $5.00 shipping (UPS) for the first book and $.50 for each additional book.